부추꽃이 피었다

부추꽃이 피었다

초판 1쇄 발행 | 2023년 10월 17일

지은이 | 이재근
펴낸이 | 황규관

펴낸곳 | (주)삶창
출판등록 | 2010년 11월 30일 제2010-000168호
주소 | 04149 서울시 마포구 대흥로 84-6, 302호
전화 | 02-848-3097
팩스 | 02-848-3094

ISBN 978-89-6655-165-1 03810

부추꽃이 피었다

이
재
근

시
집

삶창

시인의 말

 시집을 내는 일은 영혼의 조각을 모으는 일이다. 매 순간 바뀌는 감정을 모아 깊이를 평준화시켜 세상에 대한 나의 시선을 내보인다. 두서없이 쏟아내던 단어를 모아 보니 무딘 칼이었음을 알게 되었다. 그래도 칼을 연마하면 되겠다는 생각으로 용기를 낸다. 타인의 시선이 두렵지만 오래 기다려온 만큼 피하고 싶지는 않다. 여전히 모자란 구석과 어색한 문구가 고개를 들지 못하게 한다. 힘을 내기로 했다. 이번 시집에는 나름 말랑한 글귀들을 모았다. 시간에 때가 타다 보니 물러터져 그런가 보다. 지혜의 샘이 있으면 좋겠지만 현실은 그 반대로 가고 얼마 안 남은 감정선을 붙잡으려 애쓴다. 늦었지만 첫 모음집을 낼 수 있어서 다행이다. 신선함이 남아 있으면 좋겠다. 시작의 끝이 되는 일이지만 '그래 가보자'라고 스스로 되뇐다. 엮어 낼 수 있는 기회가 닿아서 기다려진다. 내 주변을 맴도는 사람들과 풍경과 자연이 있어서 너무나 큰 위로가 되는 순간이다. 위로를 위한 수도꼭지를 틀어놓는 계기가 되기를 진심으로 기대해본다. 주변 사람과 자

언이 너무 고맙다. 만나는 사람, 방문하는 곳마다 인
사를 해야겠다.

2023년 가을

이재근

차례

시인의 말 · 4

1부   농사를 지어야겠어요 · 12

저마다의 바다 · 15

언덕에 올라 · 18

오름 가는 길 · 20

바다로 나간다 · 24

그런 날 · 26

숲속 발자국 · 28

부추꽃이 피었다 · 29

일요일 오전 · 32

잊히는 일 · 34

섬 · 36

마음 노크 · 38

바람 · 40

가을이라는 이름의 쓸쓸함 · 42

2부   바다가 호수 된 날 · 44

눈 쌓인 거리 · 46

산수국 1 · 48

밤바다 · 50

아침 관조 · 52

폭풍 치는 날 · 54

어느 목요일 오후 · 56

별이 내려앉는 날 · 58

추자도 다녀오는 길 · 60

안개 · 62

위미 바닷가 · 64

시골 살이 · 66

혼자인 섬 · 68

3부   저녁이 지나간다 · 70

초록 창에 앉아 · 71

인연 · 72

남해 바다 · 74

개울 소리 · 75

사람이 먼저다 · 76

생이별 · 77

아프다 · 78

겨울비 · 80

마음을 보내다 · 82

연가 · 85

시골 살이 3 · 86

그리움 · 88

관계 · 90

해돋이 · 92

4부   애기 무덤 · 94

공항 · 97

솔직함 · 98

비탈에서 자라다 · 99

미련이 들어간다 · 100

숲속을 걷다 · 102

시간은 기다리지 않는다 · 104

겨울산 · 106

사진 · 107

섶섬 · 108

산수국 2 · 110

겨울밤 · 112

곶자왈 · 113

산문   사람은 변하지 않는다 · 115

1
부

농사를 지어야겠어요

농사를 지어야겠어요
밤바다에 빛나는 한치 배들의 유혹을 음미하다
찬란한 아침 볕으로 빛나는 하늘을
빈둥거리며 넘기는 날들을 그만해야겠어요
수많은 아쉬움이 손가락 사이로 빠져나가겠지요

계절마다 축복처럼 얻어걸린
채집의 즐거움에 취해서 살다 보니
길이 아닌 곳도 갈 수 있음을 알겠어요
잠자리에서도 고사리가 아른거리고
빨간 복분자가 산책길을 재촉하네요
그깟 가시쯤은 대수롭지 않게 덤비게 되네요

한데 제철이 지나버리는 아쉬움은 어쩔 수 없네요
우연히 발견된 복숭아에 제맛이 들어 있는 걸 보고는
미안한 마음을 가눌 수 없더라고요
그동안 외면한 풀과 나무가 계속 무언가를 주고 있
었는데

나만 모르고 있었네요

이제는 농사를 지어야겠어요
옆집 텃밭에서 쑥쑥 자라는
옥수수가 부러워졌어요
마트 가서 사면 그만이련만
내 키를 훌쩍 뛰어넘는 옥수숫대가 자랑스러워 보
이더라고요
참 이상한 욕심이에요

농부가 될 생각은 없는데
농사를 지어야겠다는 생각이 매일 커져만 가요
텃밭에 무엇을 심을지 고민이 되지만
비 오듯 내리는 땀과 고통스러운 허리가
어떤 괴로움을 줄지 가늠이 안 되지만
그래도 농사는 지어봐야겠어요

땅이 사람을 부르는 그런 생활을 해야 할 모양이에요

괜한 욕심을 부려도 부끄럽지 않은

작은 농사를 지으며 살다 보면

언젠가는 정말 농부가 될지도 모르겠어요

그전에라도 농사를 짓다 보면

밤마다 찬란한 불빛과

아침에 내리는 빗방울조차

하루 모두를 사랑할 수 있는 축복이 될 것 같아서요

그런 하루를 살기 위해

농사를 지어야겠어요

저마다의 바다

호느꼈을까
울부짖었을까
아니면 살며시 노크였던 건지도 모른다
파도는 큰데 바람은 시원하다

'삼춘 어디 감쑤까?'
뻔히 물질 가는 줄 알면서도
질러보는 퉁명한 말투를 던진다
어색하다
이런들 제주 것이 되지 않건만
나름 재미지다

눈부시게 윤슬이 반짝이는 날
테왁을 힘겹게 걸쳐 메고
미끈덩한 바위 디디며 오르는 걸음에
바닷물이 절절히 떨어진다
인생의 눈물 같다고?
힘겹게 살았을지 어찌 아는가

흥겨운 삶도 있었으리니

저 모습 좋다고 사진기 들이대지 않으련다

난 아무래도 상관없다

소라 전복 몇 개라도 사볼 양으로

삐죽 말을 건넬 수 있으면

나의 바닷일은 끝이 난다

넘실 파도 대신에 몸이 흔들린다

육지여서 다행이다

바라만 봐도 두려움이 앞서는데

할망은 잘도 바다를 드나든다

평생 배운 게 그거라는데

배운 것 없이 사는 내 인생이 더 신선 같다

며칠 전 물숨 쉬어버린 할망의 기억을 떨치고자

씻김하는 삼춘들은 마음을 떨구고

마음속 꽁꽁 숨겨 둔 두려움

심방이 꺼내 드니
몸이 저절로 흔들린다

바다는 별일 없다고 잔물결만 들이미는데
맞는 이는 오히려 거인 같은 큰 울림으로 맞는다
잔잔함이란 게 있을 리가 있겠는가
그저 무시하는 거지
그래도 물질 가면 편타 하고
나는 그들을 보는 게 편타 한다
저마다 들려주는 바다의 재주에 맞춰 산다

언덕에 올라

바다가 보이면
그때는 알게 되리라
바다에서 부는 바람에는 사나움이 묻어 있다는 것을
사방에 흩어진 돌무더기조차 혼자 서지 못하고
서로에게 기대지 않으면
온 힘을 다해 굴러야 하는 곳
홀로 선 나무가 있는 언덕에 올라
내 숨터를 찾는다

쉼이 있으면 언제나 삶은 영혼의 탈출구를 알려준다
철망 둘러진 거친 밭에서도
막연한 기다림마저 기쁨으로 다가오고
수백 년 묵은 팽나무 전설은 없어도
만일 누군가와 약속을 한다면 이곳을 택할 것이다
과거를 묻을 소중한 돌담을 찾아
돌담 언저리 어느 곳에 묻을 것이다
약속은 미래를 향해 있지 않아도 무방하기에
지나온 일을 소담스럽게 하나둘씩 꺼내는 공간이

되어

　오늘 하루의 안녕을 뿜내는 기지개를 켤 수 있는 터
가 되리라

　가끔은 강아지를 데리고 산책길을 떠돌다
　물 한 모금 마시며 땀을 식힐 수 있어
　언덕은 시간의 흔적을 남기지 않아도 된다.
　바람에 날려간 기억의 잔상 속을 헤매다
　허공을 향하는 소원지(所願紙)처럼
　어디론가 날아갈 수 있는 여력이 찾아들기에
　그런 날에는 어김없이 언덕에 올라
　희망에 부풀던 어린 시절 대신
　내일은 또 어떤 번뇌를 벗을지 조용히 침잠을 한다

오름 가는 길

집 앞을 지나는 길이
어디로 이어질지 알지는 못했지만
언제가 조금만 노력을 들이면
그곳으로 갈 수 있을 거라 생각했지

사실 그 길은 멀지도 어렵지도 않은 길이었어
다만 다녀보지 않은 길이었고
무엇이 있을지 알지 못해 두려움이 안개처럼 가득
찼을 뿐이지
실제 그 길에서 꿩을 만나 놀라거나
흐드러진 산딸기에 게걸스러운 자신의 모습을 보
거나
멀리 바다의 광활함에 가슴이 탁 트이는 행운을
알지 못했을 뿐이지

널따란 길이 조금씩 좁아지고
담장처럼 장막이 되어버린 나무와
전봇대를 휘어감다 못해 온 천지를 향해 뻗어가는

넝쿨의 거대한 확장세에 눌려
조심조심 곶자왈을 향해 가는 길이었지
길이 막다른 곳으로 이어진다는 생각을 하게 된 거지

하지만 길 한가운데는 사나운 개들이 집을 지키고
개조심이라는 큼지막한 공포가
가끔 찾아드는 방문객들을 얼어붙게 하고 있었어
난 그곳에 숲의 기운이 깃들어 있기를 바랐고
어느 날 가까운 곳에 신당을 발견하고선
조용히 기도를 하듯 숙연한 마음을 얼른 끌어안게 된
거지

내가 가는 곳은 밀림 속이 아니라
가보지 못했던 길이었음을 알게 되었지
오름으로 난 길은 한적한 외딴 길이었지만
정작 그 길의 초입은
소탈한 오솔길 대신
칡들의 끝없는 포식이 이어졌고

그 포식의 끝에 이름 모를 나무들과 넝쿨의 흔적을
안은 채
방문객들을 받아들이곤 했어

오름을 오르는 외로운 길을 찾고 나서야
난 조그만 길이 이토록 사람을 편하게 해줄 수 있다
는 것에 깜짝 놀랐지
물론 코밑까지 울려대는 사나운 개들의 소리에
여전히 긴장을 늦추지는 못했지만
계절이 주는 멋진 향기와
나무 그림자에 가려진 드넓은 숲속 정원에 이르러
서는
커다란 행운이 휴식처럼 다가온다고 생각했지
내가 가는 길에는 언제나 두려움이 있었지만
길이 없는 게 아니라 가보지 않았을 뿐이었어

길은 어느 순간이 되면 갈림길을 내어 발길을 멈추
게 하지

두려움은 가까운 임도조차 알아채지 못하게 하고
어느 길을 선택할지 머뭇거림을 주곤 하지
언제나 공포는 내 안에서 나오는 법이거든
그래도 길은 다른 길로 이어지기에
작은 길이라도 상냥한 기대를 하면 될 일이지
오름은 결국 사람이 사는 곳에 이웃해 있는 것이거든

바다로 나간다

바다로 나간다
무너진 마음이 아니더라도
머물던 미련의 자리를 털기 위해
물결을 마주한다
파도,
그리움보다 분노에 익숙한 흔들림이다
어느새 고요의 순간을 담고
순백의 청순함을 입은 듯
반짝임을 안개처럼 내뿜는다

사람들은 카페에 눌러앉아
쉽게 그리움과 만나고
정체 모를 감성에 휩싸여
감정을 소비하는 사이
거칠게 널브러진 현무암을 지나
비로소 바다와 만난다

폭풍의 흔적에 물벼락을 맞거나

두려움에 보폭이 좁아져도
바다로 나가면
새로운 사람이 될 듯
옛 기억을 돌 틈에 흘리고 돌아간다

일렁이는 물결을 타고 수평선으로 향하는
작은 배를 보며
잔잔한 출렁임에 마음을 싣는다
바다로 나가는 날에는
수평선 너머 먼발치 잔물결과 하나가 된다

그런 날

그런 날이 있다
그렇게 대수롭지 않아도
가슴 깊이 박히는 그리움을 담은 풍경에
잠시 걸음과 생각을 멈추고
되돌아가고픈 시간을 한껏 되새김질하고픈 날

꿈을 꾸듯 바다 곁을 걷는다
쉼 없이 밀려드는 파도에 익숙해지고
검은 돌들의 옛이야기에 귀 기울이다
이윽고 쉼을 청한 이름 모를 작은 포구에 주저앉으면
내가 살아온 길이 괜히 도망치듯 달아난다

그런 날
가쁜 숨 가다듬으며
어딘가에 희망의 끈이 있으리라는
괜한 기대의 속삭임에 무장해제도 상관없는 곳

그런 날이 기다려지면

몸이 신호를 보내고
나는 숲터널을 지나
마구 굽이진 산길을 내려가며
환호하는 시간을 맞이한다

와! 바다다!
서귀포는 그렇게 다가오는 게 정상이다

숲속 발자국

가을빛이 잎새에 가린 오전
빠져나온 빛이 눈부신 왕관을 만들고
어두컴컴한 숲이
찬란한 하늘빛 가득한 공간이 되었다
나뭇잎들은 온통 투명해지고
돌과 풀이 새롭게 찬미의 대상이 된다
늘 그 자리에 있건만
놀라는 것은 언제나 방문자의 몫이다
계속 따라가면 이승 밖이 되려나
아직 가지 않은 무엇이 될까
조심스레 내디딘 몇 걸음
나무 사이로 난 여백에
발자국이 남고
접힌 풀잎을 이어 어느새 길이 된다
숲속에 작은 오솔길이 생겼다

부추꽃이 피었다

부추 한 단을 휘이휘이 헹궈서
서너 조각으로 잘라
오이소박이에 버무려 넣은 날
들판의 아무 풀떼기나 끊어 넣으면
다 먹는 풀이 되는 줄 알았다

어머니가 해주시는 오이소박이 끝물에는
언제나 부추만 남았고
풀떼기를 빼놓고 먹던 습관은 오랜 기억이 되었다

아내가 해주는 오이소박이는 모양새는 달라도
역시 부추가 들어가 맛을 살렸고
오이 없이도 부추만을 집어삼키며
맛을 음미하는 나이가 됐다

정구지라고도 했고
솔이라고 세우리라고도 했지만
난 여전히 부추가 익숙하다

어머니 마지막 가시기 얼마 전
더 이상 특별한 치료법이 없음을 알고
못내 아쉬워하셨지만
의사 말대로 부추김치는 힘겹게 씹으셨다

마당이 생기고 자투리 텃밭에서 자란 풀이
온갖 잡초와 함께 자라다
어느 날 꽃줄기를 힘차게 밀어 올리더니
하얀 꽃봉오리를 슬쩍 펼치다
기어이 흰색 꽃을 피웠다

부추에 꽃이 피었다
내가 잘라 밥상으로 가는 길을 잃었더니
앙증맞은 꽃줄기 끝에 작은 꽃잎들을
조밀하게 연다
꽃자루를 만들어 다음 생을 키우려 한다

오늘 못 보낸 기억을 남아

또 하나의 자연을 가슴속에 들여놨더니

도시가 한 발짝 내게서 멀어져 간다

일요일 오전

따스한 가을볕이 동창으로 들어오는 날
요가의 한 동작을 따라 하며
시체 놀이하듯 모든 긴장을 널어놓고 시작하는 하루
아무도 없는 공간은 상상력의 원천이 된다.

숨을 내쉬다 마음까지 가라앉았다
눈가에 눈물이 맺혀도 모를 순간
코 고는 소리에 스스로 놀라 깨어
아직 오전에 놓여 있음에 감사한다

비가 지나면 잎이 떨어지고
가벼운 추위가 몸 깊이 새겨들 게다
육지의 은행잎이 그리워지는 시기
아직 따스하다
춥기도 하고
어디 쯤일까
누구와 있지
모든 것이 조금씩 잊힐 무렵

누군가의 벨 소리에

하루가 속도를 다시 내기 시작했다

잊히는 일

잊히는 일은 외로운 일이다.
스스로에게 묻지 않으면 안 되는 일이 많아져
정답을 모른 채 옳다고 믿을 수밖에 없다.

잊히는 일은 괴로운 일이다.
내 존재가 작아진다고 생각되기에
팽창하기만을 요구했던 지난날을 버리고
우주의 가속 팽창에 역행하기에
슬퍼지는 일이 많아지기 때문이다.

잊히는 일은 자연스러운 일이다.
애써 노력하지 않아도
나의 존재는 우주 먼지의 일부분일 뿐
이를 돌보려 애쓰지 않아도 되기에
잊히는 일은 편안함이 연속인 순간들이다.
그럼에도 여전히 불쑥불쑥 솟구치는 욕심 때문에
잊히는 일은 나를 되돌아보기에 딱 알맞은 일이다.

SNS의 홍수 속에 흔적을 지우는 일들이

주업이 돼가고

내가 아닌 나를 보이는 일에 매이지 않아도 되기에

삶이 자연스러움에 동화하는 중

잊히는 일은 나를 찾는 일이다.

섬

애초부터 파도는 흘러가는 게 아니었다
섬이 떠 있는 무게의 중심을 잡기 위해
바람에 물결을 맡기고
이곳을 있게 하는 것이었다

매일 같이 육지를 향해
자신의 일부였을 대륙을 향해
표류해 가던 섬에게
그래도 살 만한 곳이 되어
사람들이 남게 하려는 의지가 출렁이는 것이었다

등대를 세우든
물고기를 잡든
사람이 살아가는 섬에는
끊이지 않는 파도의 물질이 있을 터
은빛으로 살랑이는 날
바다가 파도로 속삭이는 소리에
조용히 귀 기울이면

섬과 물결이 하나 되이 흘러온 시간의 흔적을,
온전히 살아온 많은 날들의 기억을 듣게 될 것이다

마음 노크

귀를 기울이지 않아도
빗소리는 언제나 마음을 두드린다
잘 계시나요
나에게만 들리는 소리일 텐데
에코처럼 끊이질 않고 이어진다

사람이 만나는 인연은
부딪힘의 공명이 다르단다

보는 거 하나 말고
만지는 거 하나 말고
무엇보다 같이 있는 거 하나
문을 두드리는 소리가 그치질 않는다

아침이 될 즈음
창문을 두드리는 노크에
콩닥이는 건 언제나 내 마음이다

언제 날이 밝는지
잠이 빠를까
밤새는 일이 빠를까
고요함에 취한 마음 구석만이
벌레 소리에 움찔 한다

바람

제주 바람은 불지 않는다.
바람 속으로 내가 들어간다.
파도는 넘실대다 못해
수많은 태곳적 이야기를 전한다.

파도는 치지 않는다.
바람과 함께 이야기한다.
그 이야기에 귀 기울일 뿐.
수없이 많은 신화와 인생이 바람에 실려
사람들을 미혹한다.

문명은 어딘가에 실려 속도를 내지만
유혹은 오히려 섬 주변을 머문다.

누가 있어도 상관없는 일이다.
검은색 현무암에서 우울감을 느끼거나
구름이 걸린 한라의 모습이 아니어도
파도와 함께 왔다 밭담을 지나

내 몸속을 투과하는 그 바람에
문득 깨닫는다.
제주가 인사한다.
니가 나한테 왔구나 한다.
머물러 보려무나 한다.

가을이라는 이름의 쓸쓸함

은행잎 짓밟히듯
숨이 막히는 계절에 섰다
한 호흡 내쉴 때마다
날리는 노란 잎이 눈 앞을 가린다
슬퍼해야 할까
소리를 질러야 할까
이 길이 끝나려면 얼마나 남았는지
발길을 헤쳐 나갈 때마다
또다시 떨어지는 잎새들이 뒹군다
가슴이 덮이기 전에
길을 서두르다 보니
간다는 말도 없이
시간만 덩달아 빠르게 앞서간다

2

부

바다가 호수 된 날

작심을 하고 바다로 나섰네
잔잔한 물결에 미끄러지듯
항구를 빠져나와 저마다 자리를 잡고
불을 밝혔네

밤새 배에는 물고기가 가득하리라
애써 쏟아부은 노력이
저마다 배를 가득 채우며
기쁜 마음에 물결을 가르며 돌아오리라

새벽에 나가 한 줌 물고기 혹은 한치라도 맛볼 요량
이면
선한 웃음 지으며
주름 하나를 추가한 선장과 이야기 나누고
바구니 손에 쥐고
주섬주섬 집으로 돌아오리라
내가 잡은 양 득의양양해서는
횟감이어도 좋고

구이가 되어도 그만인
물고기를 꺼내 들고
밤새 안녕한 불빛에 감사하며 축원하리라

물결이 출렁이지 않으니
집어등이 육지를 확장해 바당이 되는
이 바다가 좋지 않은가
제멋대로 자유로워 좋으니
새로운 생활이 이어지기를

먼바다를 바라보는 희열과 파도의 출렁임 대신
호수의 잔잔함이 희망이 되어
바다를 이끄는 밤이 되었네
잔잔함에 물고기들이 궁금함으로 고개를 들고
오늘도 바다에 배들이 나섰네
새벽 항구가 그리워지는 날일세

눈 쌓인 거리

눈이 쌓이면
그리움도 쌓일까
눈 속에 묻힐까
순백 대신 오염의 두께에 놀라
외면하는 시선

그리워하다 보면
세상 소식에 주저앉아
소복이 쌓이는 거짓 의식이
그리움으로 치장된다

제자리를 맴도는 기대
이제 멈춰버리면 될 것을
자꾸 눈 쌓인 거리가 순백이 되기를 기대한다

흐린 하늘을 거두고
별을 보는 상상을 하는 시간
멋대로인 시간을 넘어

세상이 한통속으로 하얗게 창백해졌다.

산수국 1

너의 수줍음은 무슨 색이니?
모든 봄꽃이 지 자랑을 마치고 뒤풀이를 할 무렵,
수줍게 삐죽 내민 너의 자태는
무슨 색으로 물들일 거니?

기다림으로 보낸 시간이
이제야 본색을 드러내니
비로소 은은한 수줍음에 발길이 멎는다

흰색의 여운인가
짙은 보라의 강렬함인가
그늘 속 맘 편히 성정을 다스리는 깊이가
기다리다 기다리다 그늘로는 가려지지 않으니
무슨 수줍은 미소가 이토록 짙은 여운을 남기는가
무심한 안식 대신 무채색 영혼을 물들여 보려
오늘도 너의 색이 더 짙어지기를 기다린다

여름이 깊어질수록 숲속의 영광은 화려함으로 반색

할 테니
　그때는 너에게 다시 물어볼 수 있으리라
　근데 너는 무슨 수줍음이 그리 깊어
　이토록 뒤늦게 그늘 짙은 초여름의 공기를
　파랗게 물들이려 하니

밤바다

오늘도 줄을 섰네
제멋대로 바다를 차지하고 앉았거늘
내 앞에는 일렬로 줄 맞추기에 여념이 없네
중산간 오르면 오를수록
조금씩 높아지는 수평선 안에
제멋대로 바다 곳곳에 불빛을 밝히고 있거늘
밤이 깊도록 점하는 자리는 번져만 간다

하루의 시작이 저마다 다른 계절
저들이 일을 마치는 시간에 나는
물 한 모금 마시며
떠오르는 태양에 얼굴 찡그릴 게다

한밤중도 번화가인 바다 위 출렁거림에도
파도 소리는 들리지 않고
옛사람의 노랫소리만 들리는 듯하다.
어둠이여, 하늘의 별들도 안녕
은하수 넓은 길을 가졌던 자랑은 잃었으나

밤새 집어등의 요란한 유혹이

또 다른 은하수가 되어버린 곳

한치가 오려나 아님 무엇이 오려나

아침 관조

새벽녘 실체를 드러내기 거부하던 안개가
서서히 뒤로 물러나 세상을 투영하기 시작한다
마을과 바다의 정체가 드러나기 전
세상에 대한 의문은 여전히 남는다

바람이 뺨을 스치자
살며시 물방울이 인사를 건넨다
이제 깨어난 건 아닐 테지
정신이 들어 마음이 제자리를 찾는다
안개가 바람에 밀려 산 쪽으로 멀어진다
자연스러운 경계 가르기다

그제야 숨어 있던 몇몇 그늘이 실체를 갖는다
화창해질까나
바다 멀리 섬은 보일까
보이든 말든 아스라함은 나의 몫이고
바다 넘어 존재의 가치조차 잊고 있던
아들이 보고 싶어진다

전화를 걸까 메시지를 보낼까

망설이는 사이 아침부터 기계음을 매단

스팸이 울리고

맨발로 베란다에 나서 애먼 개 이름만 불러댄다

폭풍 치는 날

바다가 치를 떨며
코앞까지 이빨을 드러내는 날
태연한 척 해안가를 서성이다
물벼락으로 되갚음을 받았다
억울함보다 속이 시원하다

우산 대신 우비를 입었어도
내 몸 안의 수분은 혈액만큼이나 과도하다
젖은 양말부터 속옷까지
체온을 낮추는 와중에도
세상은 아랑곳 않고 회색지대를 만들고 있다

칠 테면 쳐보라지
세상에 맞서는 힘으로 얼굴을 내밀다
총알처럼 박히는 모래 알갱이에
슬쩍 차 속으로 머리를 들이밀고는
거친 숨을 쉰다

숨의 바닥이 느껴질 만큼
비바람은 방향 없이 들이치고
멋쩍은 우산대만
하늘을 향해 펼쳐 들고 나면
그제야 마음이 빼꼼 문을 연다
거친 물보라에 평안함이 흔들리는 순간

그래 세상이 원래 그랬다
어찌 관망만 하며 살 수 있겠는가
문 열고 폭풍우를 흠뻑 맞아 보련다

어느 목요일 오후

바람이 화창함을 진하게 전달하는 시간
나의 빈 마음에
푸른 하늘이 채워진다

무엇이 다른지 구분조차 어려운 시간들
차분한 마음에 생기마저 지쳐 떨어지면
바람마저 멈춘
고요가 찾아왔음을 알게 된다

미리 안다고 해서 어쩌지는 못할 것이다
소복이 쌓이는 더위를 끌어안고
끙끙대는 몸이 가련한 것으로 인정하기로 한다

지나가는 차 소리마저 커다란 자극이 되는 오후
맘 놓고 널브러진 들판의 풀들이
새로운 일상 풍경이 되었다
하늘을 다시 되돌려줄 시간이
가까워지고 있다

숨을 크게 내쉰다

별이 내려앉는 날

해넘이에 고개를 든 별들이
바다로 쏟아져 불야성을 이룬다
밤새 자체 발광으로 바다를 밝힌다
제멋대로 호롱불 안에서 시간을 태운다
어둠이 짙은 여운을 남기며 타들어 가고 있다

별이 바다로 내리는 날이면
기억의 힘은 자동으로 온몸을 울리고
추억은 제멋대로 반짝인다
악몽이 되는 밤보다
기다림으로 가득 찬 날들이 될 터
나로서는 기대 이상의 시간이다

별이 내린 짙은 어둠 속에서
밤새 불 밝힌 밤바다가 조용히 재잘거린다
'잃어버린 이름을 기억해내느라 애쓰지 마라
살아 있으면 된 거지
나 잘 있어'

기억되는 일은 시간을 관여치 않는 법
시간의 씨줄과 날줄의 엮임 없이
조금씩 현실로 들어온다
'잘 지내는구나, 그때처럼'

별이 바다에 내려앉으면
나는 늘 누군가의 안부를 듣는다

추자도 다녀오는 길

낚싯대와 아이스박스
모두가 채비를 갖추었건만
널널한 가방 하나 멘 나만이
목적이 다른 표정을 하고 있다

유리창을 때리는 파도의 흔적이
거세질수록
생존의 본능이 더욱 짙어진다

생존 이후
쓸쓸함이 빈자리를 채웠다
반기는 이 없고
갈 곳이 없다

솟아오른 언덕을 향한다
주변의 섬이 친한 듯 다가선다
널린 섬이 마음을 잇고
가파른 갯바위의 낯선 이에게

부러움과 이질감이 겹친다

정작 섬은 젓갈과 해물탕 짙은 향으로
소속을 전하지만
현실을 만끽하기도 전
배는 제주로 다시 부른다

공간을 유유히 휘젓는 물길 사이로
세모난 뾰족 바위를 지나니 알겠다
관탈(冠脫)을 해야 할 시기가 되었음을
나만의 바다는 이곳에서 벗어놓아야 한다
행선지가 상상이 아님을 알았으니
내 몸에 맞는 유배의 기억이 살아난다

항구에 닿을 즈음
섬이 사람을 살린 수많은 방법에 감사하며
섬사람이 된다는 것을 깨닫는다
유배는 새로움의 시작이다

안개

안개는 섬의 위치와
오름의 이름을 기억하지 않는다
바다에서 오르거나
하늘에서 솜털처럼 내리고 나면
세상 흔적을 지운다

걸음 속도를 올린다
사물의 흔적을 살려내고
나뭇가지 사이로 내가 알던 인연을 흩뿌린 채
먼저 끊긴 옛 시절의 표정을 되살려낸다
그때는 색다르지 않았던 선택이
때로는 공포가 되고
꿈속 저장고를 뒤져
아련함이 눈가를 적시곤 한다

겨우 익숙해져 편안한 존재가 되었건만
구름 속을 헤매는 상상만큼이나
깊은 여운을 남기고서야

제멋대로인 각자의 인생 속으로

부리나케 달아나버리는 찰나의 모습들

안개 소리는 듣지 못해도

회색빛 촉각은 빛이 도달한 후에도

한참이나 숨결로 맴돈다

위미 바닷가

어둠처럼 짙게 내린 먹구름이
바다에 닿았다
물과 하늘이 조용히 뒤섞이다
갯바위에 놀라 화들짝
파도의 낯짝을 내비쳤다.

하염없이 되뇌다
이곳까지 왔건만
잃었다는 모든 것이 비롯된 곳도 모른 채
뒷모습만 좇던 영욕은 간데없고
잔잔한 파도 거품만도 못 한 것을
알아버렸다.

여행객만큼 들떠 있지 않아도
아쉬워 놓아버릴 겨를도 없이
오늘도
마음속 잔영들만 붙잡고 서성인다.

바다에 내린 먹구름에

정다운 얼굴 하나

기억날까

조용한 파도에 미련을 던진다.

시골 살이

나는 매일 적막 속으로 퇴근한다
어둠 속에 남은 한 줌의 빛을
뒤로 흘리고
나를 온전히 가둘
고요 속으로 뛰어든다

사건의 지평선을 넘어
육체와 정신이 뒤섞여
흔적을 찾을 수 없는 곳
휘몰아치는 바람이 되거나
옆으로 내리는 빗줄기가 되어
사방 천지를 두드리는 곳으로 간다

빅뱅 이전의 존재감조차 알지 못하는
그런 곳이 되고저
매일 어둠 속으로 돌진한다

나를 찾으려는 노력도 필요 없이

나를 버리는 속도는 매일 빨라진다

혼자인 섬

혼자 마시는 술은 외롭다
외로워서 혼자 마시는 것일까
혼자 마시니까 외로운 것일까

잠이 안 오니 술을 마신다
술을 마시니 잠이 안 오는 것일 수도

무엇 하나 명확하지 않아도
오늘도 섬에 있고
그래서 서성인다

혼자서 마시니까 친구가 없고
친구가 없어 혼자 마신다

잠들지 않는 섬,
사람들은 외로움을 타고난 것일까
외로워서 이곳에 오기에 더 외로워진다

3
부

저녁이 지나간다

차라리 몰랐으면 좋았을라나
남몰래 손끝 하나로 아는 척하는 대신
첫눈을 보며 입을 벌려보는
어설픈 마음으로 인사를 나누었어도
결국 이렇게 되었으려나
손만 뻗으면 닿을 수 있는데
비껴가는 시선을 그으며
언젠가는 길이 되어 만나길 고대하는 시간들
미워하는 사람만 되지 말자고
작은 기대로 살아갈 수 있으려나
빈 마음이 제자리를 못 찾아
울림이 가시지 않는 저녁이 지나간다

초록 창에 앉아

초록이 가득한 창가에 앉았다
마음이 비었다
가득 차지 않아도 되는데
자꾸 채우려 한다
너의 이름 하나로도 충분한데

초록빛 창가마다
바뀌는 색의 섬세한 여운이
가슴으로 걸어온다
어디부터 문을 열어야 할까
여전히 이름조차 아는 게 없으니

날마다 조금씩 바뀌는 초록에 취해
자그마한 절정 하나로도 미소가 든다
문득 빈 마음에
이름 대신 그리움을 그린다

인연

새로운 사람을 만나는 일보다
이별하는 횟수가 많아진 지 오래
오늘도 누군가의 건강 이야기와 소천 소식으로
가슴이 먹먹해지는 시간
멀쩡한 지인의 건강검진 소식에
눈물이 별이 되어 떨어진다

왜 이러지?
별일 일어나지 않아도
미리부터 가슴이 아리고
불안함이 온 정신을 흔들고 나니
움켜쥐고 버틴 몇 안 되는 관계의 굵기가
얇은 무명실로 하늘거림을 알게 된다
어렴풋한 인연들은 흔적도 없이 사라진 지 오래
이별은 아무리 무심한 척해봐도 적응이 어렵다

사라지는 모든 것들을 기억해주지 못하는 슬픔
알고 있음에도 기억되지 못할까

또 하나의 인연을 놓아버릴 생각에
순간순간의 초조함이 잦아들지 않는다
전화기 주소록을 만지작거리다 닫기 버튼을 누른다

할 수 있는 일이란 게
안부 인사가 전부이다 보니
어제의 말 한마디가
가슴에 사무쳐 울음으로 남는다
"왔어요?"
미소가 좋은 사람이어서 다행이다

남해 바다

내수면의 잔물결은
밤의 깊이에 아랑곳없이
가슴속으로 밀려들고
잠시 손을 놓은 이의 볼멘소리가
머릿속 공간에서 여운을 날리며 울린다

돌아가리라
그대의 숨 속으로
물결에 실어 그리움을 먼저 띄우고
내일은 밝아오는 희망의 빛을 따라
그대 찾는 여정에 서리라

밤이 깊어도
남해의 잔물결은
노크 소리 그치지 않고
희미한 설렘을 밤안개 속으로
잔뜩 퍼뜨리는 중이다

개울 소리

계곡이 소리를 낸다
개울을 흐르는 물이
시간도 함께 흘려 보낸다
소리에 그리움이 담기니
계곡이 온통 너로 가득하다
미움을 담으려 해도
그리움 말고는 다 용서하라 한다
보고 싶다
당신이 그립다고
계곡이 밤새워 소리를 낸다

사람이 먼저다

머리맡 창가에 달이 차올랐다
보름이 됐음을 알린다

환한 빛을 내는 건 달인데
생각나는 건 언제나 사람이다
밤바람 맞으며 산책 나선 밤
부는 바람이
가슴에 닿아 말소리로 전해진다

사람이 먼저인 것을
자연이 알려주고 있는데
무심한 하늘만 바라보며 괜찮은 척한다

사람이 먼저다
사랑이 우선이다

생이별

내가 떠나자 큰 눈이
길을 막았다지요
한겨울 깊은 산속에는
눈 대신 얼음이 가득한데
얼음이 길을 가르듯 나의 길은
영영 돌아오지 못할 동토의 냉기만 휘감고
마음이 서리를 맞았다지요
어느 세월이 되든
절심함은 열망이 되어 관계를 흔들어버리니
만남이 이별을 달고 춤추듯
나의 외로움은 당신 탓이 아니랍니다
비롯될 수밖에 없는 시간의 바큇살에 끼어
그리워할수록
동토로 향하는 발걸음은 아직 미련을 담아
흔적을 남기려나 봅니다
나아갈수록 사랑이란 이름은
아득히 메아리가 남는 걸 보니

아프다

아프다
바람이 볼을 때려 아프고
시린 발을 동동 구르다
돌멩이에 차인 발가락도 아프다
눈보라에 얻어맞은 미간도
어둠이 짙어지니 두려움에 아프다

무엇으로도 바꿀 수 없기에
네가 아프면
나는 죽을 듯싶다
살아다오
건강한 님으로 살아서
내게 말 걸어다오
한마디 말이면 세상이 녹으리니

세상이 다 행복하여도
네가 없으면 안 된다
존재하여 내게 있어 다오

용맹하여 건강히 내게 남아 다오

겨울비

겨울에 내리는 비는
춥구려
물방울이 겉옷에 맺혀
제 길로 떠나지 못하고 머무르니
한기와 청명함이 함께 온다

어느 길을 가려 해도
결정 장애의 끝자락에 선 하루
누구의 기억을 읊으며
떠나가려 하나
아직 해가 지지도 않았건만
저 혼자 뉘엿뉘엿
짓궂은 날씨에 마음만 재촉한다
얼어버린 빗방울만큼이나
알알이 쪼개진 마음은
어디서 한데 모여
형상을 만들어가려 할까
춥구려

거울비는

헤어진 순간만큼이나

뒤돌아 흘린 눈물만큼이나

마음을 보내다

그래요

마음이 이렇게 아픈데

주위에선 나보고 화를 낸다고 하네요

가슴이 먹먹해 아무런 생각이 들지 않는데

혼자만 생각하는 이기적인 사람이라고 하네요.

비가 오기 때문인가요

바람이 거세게 부는 날씨 탓을 하려 해도

늘 부는 바람이 오늘만 특별할 리 없기에

탓할 핑계도 찾기 힘드네요.

한 해가 가서 그러는가요

아니면 늙어가는 게 서러운 걸까요

단지 밉기라도 하면 그만일 텐데

철 지난 드라마를 보면서도 갑자기 눈물이 나는 이
유는 뭘까요

젊은 연인이어서인가요

아무 일도 아니라는 듯 하루를 살아갈 거라 생각했
어요

매일 똑같은 평정심으로 이겨낼 수 있으리라 다짐

했는데

어느새 슬픔의 나락에서 다시 헤매는

처량한 중년을 보게 되네요

누구에게 이 이야기를 할 수 있을런가요

스스로에게 비친 감성조차 제대로 읽지 못하는 사이

가끔씩 생기는 왼쪽 가슴의 답답함과 저림이

주기적인 일상이 되고

삶에 대한 애착보다 욕심이 앞설까 걱정이에요

지키고 싶은 가족이 있고

만나고 싶은 사람이 있고

보듬어야 할 관계가 있음에도

어쩌면 어느 날 훌쩍 떠나게 될 거라는 걸

당연히 알면서 무서운 시간이 되네요

그렇게 한 해를 보냈는데 마음의 그늘은

나이 드는 시간의 초라함보다

더 야속한 집착이 하나둘 쌓이는 게 느껴지기에

이 두려움을 누구에게 이야기할 수 있으려나요

이대로 세월을 보내도 좋은지 모를 일이에요

어쩌면 이대로 살아가는 게 착한 일인지도

착하다는 게 별거 아닌 거잖아요

시간에 따라 그냥 살면 되는 거 아닌가요

누구의 뜻대로 조정당하는 시간이 아니라면 말이죠

세월에게 맡긴 마음을 다시금 다잡고 살아도

나를 돌아보는 일이 잊히면 그건 내가 아닐 테니

오늘도 시간에 마음을 담아 평정한 잠이 오기를 기
다릴게요

연가

깊은 밤 누군가를 위해 울어야 한다면
그 이유가 당신이어서 감사합니다.

눈물로 지새는 밤들이
오히려 기쁨인 것을 어찌 모르겠습니까.
울음의 순간에도 기다림이 있기에
눈물이 슬프지 않은 것을.

잊히지 않는 순간을 기리며
이 밤을 지새웁니다.
새로운 날을 향한 고비를 넘어
수없이 반복되는 번민을 되풀이해도
처연히 독백을 풀어냅니다.

하루의 태양을 맞이한 순간
다시 깨는 이유는 당신이 있음을
알기 때문이라고.

시골 살이 3

낯선 하늘가에서 별을 세듯
절을 합니다.

사랑하는 님을 위해
아니
버리지 못한 미련을 위해

오늘을 그렇게 보내려 하나
시간이 바람과 함께
세차게 나를 떼밀고
저만치로 달아납니다.

인연의 끈에 묶인 듯
뒷걸음치는 몸을 버티며
온몸으로 버둥대다
이게 그리움임을 알게 됩니다

구름이 멀어지는 사이

밝아진 하늘을 보며
별을 세듯 절을 합니다.

그리움

내 앞에 섰다
촉촉히 사라지는
너는 누구의 부탁으로
이리도 간절히 아련한가

멀리 달아날 생각도 없이
찰나의 삶을 보이는
네게
얼마만큼의 눈물을 삼키며 아파해야 하는지

가슴으로 다가온 이를
쓰라림으로 밀어내는 시간은
사라지는 대신
떠도는 숨소리로 남고

너의 기쁨이 되기 위해
애쓴 흔적들을
감추고자 하는 이의 눈망울은

기억의 저장고가 되고 말 텐데

너는 누구의 바람으로
이리도 간절히 아련한가

관계

이별하는 것보다
추억하는 일은 아픔입니다.

미워하기보다
더 깊은 상처를 만드나니

원망이 쌓이고 덮여도
세월에 속고 있는 미련은 드러나는 법

그리워하는 이보다
기억되지 못한 이의 슬픔은 더 아프답니다.

이별하는 것보다
추억하는 일이 더 아리듯 말입니다.

미워하기보다
추억하는 일이 더 깊은 상처를 만드나니

원망이 쌓이고 덮여도

세월에 속아준 아픔은 더 깊게 파고드는 법

그리워하는 이보다

기억되지 못한 이의 슬픔은 더 아프답니다.

해돋이

혼미해지는 기억
밤이 물러가려 장막을 쳤다
가려면 혼자 갈 일이지
애달픔을 탓하듯 희망을 커튼처럼 가두었다

진정되지 않는 감정을 걷어내지 못한 사이
구름 위로 솟은 붉은 여운에 놀라
작은 동산에 올라 목놓아 불러본다
'사랑합니다.'

해가 서성이는 순간
내 가슴은 영겁을 오간다

4
부

애기 무덤

아기의 숨이 멎으면
세상도 함께 시간을 멈춘다
몇십 년이 지나도 그 시간은 흐르지 않고 얼음이 된다

조금이라도 남은 미련을 빨리 끊어내고자
어미 품에 쌓인 강보를
아비는 눈물로 빼앗는다
고개를 떨구는 무게에 천근만근이 실렸다

아무도 알지 못한다
모두가 신경을 끊는다
해 질 녘인지 첫 새벽인지
깊지 않게 패인 작은 웅덩이에
실오라기처럼 세상과 연을 맺은,
셀 수 없는 전생에서의 만남을 잊지 못한 채
아기는 다음 생을 향해 나아간다

무너지는 가슴은 어미만의 것이 아니다

거친 울음을 참아내며
괜히 큰소리로 어미를 타박했던 말이
되돌아와 가슴에 꽂힌다

아무도 모른다
누구도 묻지 않는다
짧디짧은 삶의 흔적의 끝이 어디인지

가슴에 담은 작은 봉우리에
어느덧 길이 생기고
수많은 발길이 지나가며
작은 흔적만 남았지만
아비는 그 길을 걷지 않는다
행여 아기를 밟을까
오늘도 언덕 오르는 길을
멀리 돌아서 간다

"길이 바뀌었으면 좋겠어.

우리 아기 밟지 않게."

옹알이도 제대로 못 해본
아기들의 숨결처럼
언뜻언뜻 보이는 굴곡이
바람에 숨을 쉰다

공항

라스트 콜을 외치는 소리에
행여 내 이름인 줄 깜짝 놀라지만
놀라움이 나만이 아닌 것을 알고
안심하는 사이
앉을 자리 없던 대합실 한 구석이
갑자기 공간을 내어준다
가는 길은 달라도
모두가 떠나는 길
그 길에 발 한 짝 담그고 나니
삶 자체가 방랑이 된다
방랑의 내 생애 어느 날
낯 모르는 이들과 동행하는 시간
서로에게 아무런 관심도 없기에
목적지 같은 인생이라도
데면데면한 깊이에 무심이 가득하건만
이 넓은 대합실의 드높은 소란스러움은
어디서 오는 것일까

솔직함

나는 언제쯤 솔직할까
누구에게
왜 그래야 하는지 알지 못하지만
내 본심을 모르기에
솔직한 자신을 들여다보고 싶다

언제까지 이중적일 수 있을까
공황장애와 우울증을 온몸에 가득 채우고
헛배 부른 척 지내는 나는 누구여야 하는가

다른 이에게 솔직할 이유는 없지만
나를 모르는 일은
내가 칠 사고에 스스로 대비하지 못하게 되니
솔직한 나를 만나 묻고 싶다
어디까지가 사실인 거냐고

비탈에서 자라다

비탈에 선 나무는
비스듬히 자란다
곧게 뻗어 삶을 지키려 하나
사선에 걸린 나무는 똑바르되 곧지 못하게 되었다

하늘을 보고 생을 살았는데
뒤돌아보니 가지는 휘었고
하늘을 향하는 마음만 바로 섰다

하늘을 향하는 일은 시간이 걸릴 뿐이다
곧은 길은 언제나 마음에서 나니
비탈진 언덕인들 무엇이 두려우랴

미련이 들어간다

미련이 들어간다
그만 포기하고
내다 버리라는 호통에 놀라
머뭇거리던 손길이 잠시 떨린다
마음의 동요를 감지한 듯
잠깐의 시간이 정적 속에 머물다
휙 돌아서서
작업실 안으로 들어간다
미련이 안으로 들어간다

수많은 시간이 먼지를 덮고
되돌아오는 것은 손가락에 묻은 시커먼 여운뿐
종이 뭉치와 책을 힘껏 들어
쓰레기장에 던져놓고 돌아오는 순간
그리 오래지 않은 책 표지 하나
시선을 붙잡는다
끝나지 않은 미련이
다시 문을 열고 들어간다

시간은 여전히 과거로 나를 밀어내고
미련은 끝없이
살처럼 쌓여만 간다

숲속을 걷다

비라도 내리려나
톡 톡 톡
끊이지 않는 소리가
귓전을 따라 함께 걷는 길

궂은 하늘에
비 대신 떨어진 작은 열매
축축한 잎새 속에 숨어
누군가 찾아주길 기다린다

살며시 집어 본 열매 무리들
도토리 대신 조팝나무 열매 바닥 한가득
빗물 대신 숲속 동물의 먹거리 되려
뒹굴뒹굴 나무 사일 헤매고 있다.

이놈들 모아 묵이라도 쑬까
망설이는 사이
숲의 먹이는 먹이대로 놓아달라고 웅성거리듯

후두두둑

툭.

숲을 걷는 길

자연의 연주를 듣느라

발걸음이 조심스러워졌다

시간은 기다리지 않는다

시간이 몸을 잘 살피라 한다
언제나 제자리에 서 있지 않는
몸이 곡소리를 내는데
못 들은 척했더니 고통으로 답한다
몸은 솔직하다
외면하는 내 마음이 야속하다
어느새 맘에서 멀찍이 떨어져 간
몸뚱이의 선한 부분은 남아 있지 않다
머리 돌아가는 소리만큼
팔다리의 행동반경은 좁아지고
잠을 청할 시간임에도
할 말을 다 못 한 육신은
도마 위 생선처럼 펄떡인다
아가미가 되어버린 전신이
호흡을 힘들어하고 있다
괴로운 것은 언제나 마음인 줄 알았더니
스스로 사랑해주지 못한 벌을 받는다
달래고 달래주어야 할 자신에게

용서를 구한다

한 걸음 내딛다 주춤

팔 들고 기지개를 켜다 울부짖는다

시간이 기다려주지 않는데

나만 착각하고 있었다

겨울산

눈의 흔적이 계곡을 덮고 나니
산이 멧돼지가 되어
천하를 호령한다
멧돼지는 욕심이 나는 듯
산 너머 산
또 산 너머 산을 이어
천 리 길을 달린다
어디쯤에서 쉬어갈까

봄이 가까워지려나 보다

사진

창고를 휘젓는 사이
시간을 비집고 미끄러져 나온 사진 한 장
태엽처럼 시간이 되감긴다
화장은 안 해도
구김이 없고
웃지 않아도 편안한 시절
그 자리에 있으면 되는 나이다

싱그러움과 순수함이 자신도 모르게
세월에 묻혀 망각 속으로 사라지고
마음을 숨기고
세상과 담을 쌓은 채
아무렇지 않은 듯 우울한 미소를 배운다

같은 마음과 얼굴이라 생각했는데
여전히 나인 것은 변함이 없는데
무엇이 바뀐 것인지
색 바랜 흑백사진이 벵싹이 웃고 있다

섶섬

섬은 언제부터 이곳에 또아리를 틀었을까
할망들은 주저함 없이
섬의 깊은 여운에 멈춰 세월을 담는다

먼저 간 남편의 기억을 묻었을까
섬을 떠난 아이를 가슴에 담았을까
어여쁜 청춘의 옛사랑을 기억할까

할망이 과거를 담는 동안
나그네가 주인 행세하며 길을 활보한다
섬이 게걸음치며 거인처럼 코앞에 다가온다
와락 놀란 나그네는 뒷걸음치며 갈 길을 재촉한다

바람도 없지 않고 화창하지도 않은 날
할망들은 밀고 가던 유모차를 멈추고
잔잔한 물결 너머
곱디 고운 거울 보듯 섬을 본다
태왁에 짊어진 시간의 무게를

섬에 살며시 내려놓는 중이다

산수국 2

산에서 나비를 만났다
깊다고 생각한 풀숲 사이
사그락사그락
색을 바꾸는 소리에
어느새 꽃을 피워 물었다

붉은 핏물 대신
달빛에 비친 파르란 정맥 도드라지듯
온몸을 넘어 주변을
물들이고 나섰다
날갯짓으로 숲을 흔들고 있다

숨겨진 보물을 찾으려 눈을 고정하는 사이
저 아래 흔들리는 가시덤불 속
왠지 서러워 울기라도 하려나
듬성듬성 징검다리를 놓듯
사람을 이끌어 간다

산에서 나비가 된 꽃이
집 마당까지 찾아오려나 보다

겨울밤

달을 보고 뿜은 연기 한 모금
거센 바람 못 이기고
방충망에 걸려
되돌아온다

방 안에 잠길 냄새가 싫어
창가에 몸 붙이고 다시
불어보는 순간

몸에 해롭다는 공포보다
아리게 파고드는
찬바람이 더 사무친다.

담배는 장초로 짧은 생을 마치고
방 안에 맴도는 냄새만이
고독이 되어 오래 머문다.

곶자왈

숲에 가지 않고
마음속 비명을 내지르지 마라
나무와 넝쿨 속에서
뒤엉켜 삶을 의지하는
잎과 가지의 몸부림에 인사하지 않고
곶자왈을 입에 올리지 마라

짙음을 호소하며
원시성을 갈구하지 마라
머나먼 시간조차 인간의 쉼터는
곶자왈 안에 차려져 있으니

숲과 이끼 속에 남은 집터를 외면하면서
삶의 진중함을 이야기하지 마라

산

문

사람은 변하지 않는다

막 사춘기에 접어들 무렵인 중2가 되면서부터 시를 쓰기 시작했다. 어떤 계기가 있었는지 모르지만 중간고사와 기말고사가 싫지 않았다. 시험 시간 50분 동안 나의 모든 시험은 아무리 늦어도 30분이 넘지 않았다. 나머지 20여 분 동안 나는 시험지의 여백에 나름 온갖 상상과 감정선을 이어가는 시 나부랭이를 끄적였다. 3~4일에 걸쳐 치러진 시험이 끝나면 나는 시험지를 모아 정답을 맞히는 대신 시험시간에 급히 끄적였던 빈 여백을 채운 나름 시 구절들을 노트에 옮겨 적었다. 10여 개가 넘는 과목의 시험이 치러졌으니 시험 기간이 끝나면 그 수만큼 시가 남았고 내 노트에 차곡히 쌓였다. 그 버릇은 고등학교 중반까지 이어졌고 내 기억 속에 가장 찬란했던 감정을 가진 시기였다.

　사람은 변할까. 사람들은 상황에 적응할 뿐이지 몇몇 가지는 결코 변하지 않는다. 자아가 형성되는 청소년기를 어떻게 지내느냐에 따라 평생 자신이 중요하게 여기는 가치나 문제를 바라보는 시각, 사람에 대한 생각 등은 거의 고정된다. 다행히 성정이 유약하거나 감성적이어서 그런지 모르겠지만 어린 시절 시와 글에 호의적이었던 감정을 평생을 간직하며 살아왔다. 입시 지옥과 권위주의 교육에서 살아남아야 했고 1980년대 민주화운동의 시대에 적응하며 살기도 하고 아무것도 모르는 천둥벌거숭이가 사회인이 되어 살아남기 위한 몸부림이 인생의 전부이긴 했지만 그 와중에서도 자신의 감정을 표출하는 방법과 내 상태는 어떠한지를 스스로에게 묻는 일들은 간헐적으로 일어났다. 밑도 끝도 없이 아무 종이에 기록을 남기고는 잊어버리곤 했다.

　글 쓰는 게 직업이었던 몇 년간의 시간을 제외하고 글은 읽는 것에서 멀어지고 쓰는 것에서는 더욱 멀어진 삶을 살았다. 몇 번이고 삶의 궤적에 대한 단상을 짧게 적어보려 했지만 그때마다 실체 없는 추상적 단어만이 원고지나 빈 여백에 낙서처럼 흩날렸고 곧 잊힌 쓰레기가 되어 나에게서 멀어졌다. 참 이상한 일이다. 마음 한구석에서는 내가 명시적으로 원하지 않았지만 시의 형식을 띠

든 정체불명의 잡문이든 자꾸 몸 밖으로 삐져나오려 했다. 내가 그 실체를 모를 뿐이었고 눈여겨 바라보는 대신 순간의 감정 고양에 따른 치기라고 외면해버렸다.

사람은 변하지 않는다. 다만 계기가 있을 뿐이다. 시가 가지는 감정선의 표출 노력을 고집스럽게 몸이 기억하고 있었다. 나에게 제주 이주는 꽤나 다른 삶을 제공해 주었다. 제주 혹은 지방, 그리고 자연과의 친밀한 교류가 키워드가 되었다. 지방에서 살아갈 수 있다고 한번도 생각해 본 적 없는 인간이 무슨 자석에 쇳가루 붙듯 제주에 별안간 내려왔다. 서울이 아닌 지방에 터를 마련했다. 그리고 매일 같이 자연을 탐했다. 바다도 있지만 밭도 있고 오름도 있고 태어나서 경험한 적이 없는 숲의 원시성을 지닌 곶자왈도 있었다. 땅을 밟고 경이로운 장소를 오롯이 혼자 체험하고 그들의 소리에 길들여지고 새로운 사람들과 인생을 리셋하듯 만남을 시작하고 나니 그때 몸이 열리는 것을 느끼게 되었다.

그동안 육지에서 만났던 아무것도 아니라고 생각했던 사람들이 결코 노바디(Nobody)가 아니라 몇몇은 그리움의 대상이 되었다. 무병처럼 글을 써야겠다는 생각을 했고 어느 날 서귀포 바닷가의 올레길을 걷다 휴식을 구하는 벤치에 앉아 짧은 시를 쓰게 됐다. 시의 좋고 나쁨 혹은 표현의 완성도를 논할 수는 없지만 그동안 탈출구를 찾지 못한 시구절이 거죽을 뚫고 몸 밖으로 나온 순간이다. 이미 고인이 되신 제주서 만난 형님께 기쁜 마음으로 첫 시를 썼노라고 자랑하며 소주잔을 기울이던 일이 벌써 10년이 되었다.

이후 간간이 탈피하듯 거죽을 뚫고 나온 시구절이 있 었지만 감성만 살았지 실체가 무엇인지 잘 몰랐다. 꽤나 시간이 지난 후 삶의 목표를 세웠다. 아니, 어린 시절의 목표가 생각났다. 시인이 되어야겠다. 여전히 어렵고 난 감하고 부담스럽기 짝이 없지만 그래도 시구절이라고 써 내려가는 횟수가 꽤나 늘었다. 다행이다. 한숨을 토로하 고 고해성사를 하듯 내 감성을 옮길 수 있는 방법이 생겨 났다. 의미 없는 단어의 나열이 아니라 실체가 있는 자연 과 사람을 만나면서 느낀 마음을 조금은 자연스럽게 표 출할 수 있게 돼서 너무나 다행이다.

사람이 자신을 반영하거나 표현하는 방법에는 다양한 매개를 사용한다. 꽤나 많은 매개체가 가능하지 않을까 생각하고 몇 가지는 시도를 해봤지만 신통치 않았던 것 같다. 악기를 불어 보던가, 그림을 끄적이던가, 무용에 심 취하는 일도 있었지만 결국 나에게 스스로를 표현하는 가장 좋은 방편은 결과를 글로 기록하는 일이라는 사실 을 깨달았다. 주변에서 화가를 만나고 음악가도 만나고 그들에게 경의를 표하고 질투심을 느끼지만 어떤 경우에도 그들과 같이 될 수 없는 자신을 알기에 다름을 인정하는 선에서 스스로를 알게 된 듯하다. 자신의 감정에 충실하고 서사적인 인과관계는 부족하지만 그 시점에서 자신을 가장 잘 표현하는 방법을 찾는 데 오랜 시간이 걸렸다. 여전히 만연체의 글들이 가득하고 별 볼 일 없는 은유가 아재 개그가 되어버리는 일이 허다하지만 그게 내 주변의 땅과 자연과 사람들과 연관되어 있다는 사실은, 좌절하기에는 이르다는 결론으로 이끈다.

모두가 그렇지 않을 것이고 나 역시 언젠가 생각이 바뀔 수 있겠지만 시는 삶이 반영되지 않으면 사생아가 된다. 유럽 낭만파 시대의 젊은 작가들이 죽음을 찬미하고 새로운 세상을 동경하는 글귀를 폭풍처럼 휘몰아치며 시구절로 남겼을 때 그 격정에 나는 온몸이 곤두서는 느낌을 받았다. 로트레아몽이든 랭보든 바이런이든 그들의 시구절에 담긴 구체적인 내용은 기억나지 않지만 그들이 전하려 했던 그 격정만큼은 어느 정도 잔영이 남아 있다. 그들은 천재였으니 그렇다고 치자. 하지만 그럼에도 그들의 삶이 온전히 반영된 시를 좀 더 나이가 들어서 쓸 수 있을 만큼 오래 살았더라면 얼마나 좋았을까 늘 아쉽다.

내가 쓰는 시구절은 T. S. 엘리엇이나 에즈라 파운드처럼 지적 호기심과 역사적 혹은 신화적 은유가 한껏 가득한 글들이 아니다. 그들을 누구보다 좋아하지만, 결코 따라갈 수 없는 차원이기도 하고 나의 도시 생활 총 50년을 바탕으로도 그들을 흉내 낼 수 없었다. 오히려 바다를 보며 폭풍우를 맞으며 숲속을 걸으며 느낀 감정을 이야기하듯 풀어내고 나서야 나는 안도의 한숨을 쉴 수 있었다. 괜한 그리움이 사무치는 이상한 경험도 하게 된다. 그 매체가 시가 되었다는 것이 얼마나 다행인지 모른다. 그래서인가 삶이 바탕이 되고 순간순간이 기억되다 보니 지나치게 감성적이고 구술적이 될 수밖에 없지만 솔직하다는 느낌을 갖는다. 공교롭게도 이제 어려운 시는 싫어지기 시작했다. 생각하기 싫어졌거나 생각이 못 미치는 이유도 있을 테고 세상을 보는 시각이 다를 수도 있다.

원래부터 추상화를 그리던 작가들을 인정할 수 없듯이 처음부터 어려운 시를 쓰는 일이 나에게는 허용의 범위에 있지 않다. 삶의 단면이 솔직하게 담기지 않는 문구는 다시 봐도 오글거리거나 외면하게 된다. 지방과 자연과 제주가 주는 고마운 결과가 아닐까. 언제나 그날의 감정 과잉이든 미세한 공기의 움직임이나 흐름을 제대로 표현하지 못하는 내가 안타까울 뿐이다. 그래도 조금 더 솔직하고 싶어진다. 그 솔직함이 어떤 때는 철부지 소년 같거나 인생을 너무 재미없게 살아가는 나이 든 꼰대 같은 면도 있겠지만 삶에 솔직하지 않으면 스스로 쳐다보기 힘들다. 하물며 시라는 구절에 남아 있는 영혼의 흔적을 좇아야 하는 상황이라면 솔직함은 언제나 길을 연다.

느지막이 시집을 내고자 하는 희망을 품으면서 인간은 변하지 않는다는 사실을 다시 한번 되새김질한다. 당시의 환경에 적응할 수는 있어도 결코 본질적인 생겨 먹음은 어쩌지 못한다. 그 변하지 않는 희망을 시를 쓰면서 본다. 10대 때 즉흥시인이라는 단어 하나에 괜히 가슴이 설레던 기억이 아직 내 몸 어딘가에 남아 있음을 깨닫게 돼서 얼마나 기쁜지 모를 일이다. 내 시가 누군가에게 하나의 작은 이야기가 될 수 있다는 기대는 그래서 꿈을 꿀수록 좋은 일이다. 시를 더 쓰기 위해서라도 지방에서 살아야겠고 제주에서 살아가야겠다. 다소 답답함이 있더라도 눈을 돌리면 모두가 나의 놀이터이자 스승이 되어버리는 삶의 터전이 있기에 시가 더 의미 있을 수 있다. 어찌 제주의 환경에서 지내면서 시인이 되지 않을 수 있겠는가.

인간이 생긴 대로 하나씩 적어나가니 시집이 된다. 삶의 이야기를 쓸 수 있어서 좋다. 비록 그 삶이 여전히 이곳에 적응하기 위한 몸부림에 불과하지만 도시에서 꺼내보지 못한 속마음을 꺼낼 수 있어서 참 다행이다. 삶이 조금씩 녹아들어가는 모습을 보면서 나에게 시는 이제 삶의 한 부분을 떼어내어 색다른 기억의 언어로 저장하는 클라우드가 아닐까 싶다. 어쩌면 다음은 서사를 이어갈 수도 있지 않을까. 터전이 있고 사람들이 있고 바다와 산과 오름과 숲이 있으니 가능하지 못할 이유는 없을 법하다.

찾아보기

1	山河丹心	__이기형
2	근로기준법	__육봉수
3	퇴출시대	__객토문학 동인
4	오래된 미신	__거미 동인
5	섬진강 편지	__김인호
6	늦은 오후에 부는 바람	__젊은시 동인
7	아직은 저항의 나이	__일과시 동인
8	꽃비 내리는 길	__전승묵
9	바람이 그린 벽화	__송태웅
10	한라산의 겨울	__김경훈
11	다시 중심으로	__해방글터 동인
12	봄은 왜 오지 않는가	__이기형
13	거미울 고개	__류근삼
14	검지에 핀 꽃	__조혜영
15	저 많은 꽃등들	__일과시 동인
16	참빗 하나	__이민호
17	꿀잠	__송경동
18	개나리 꽃눈	__표성배
19	과업	__권혁소
20	바늘구멍에 대한 기억	__김형식
21	망가진 기타	__서정민 유고시집
22	시금치 학교	__서수찬
23	기린 울음	__고영서
24	하늘공장	__임성용
25	천 년 전 같은 하루	__최성수
26	꽃과 악수하는 법	__고선주
27	수화기 속의 여자	__이명윤
28	끊어진 현	__박일환
29	꽃이 눈물이다	__강병철
30	생각을 훔치다	__김수열
31	별에 쏘이다	__안준철
32	화려한 반란	__안오일